続・海の気

松田惟怒 詩集

鉱脈社

目次

五、〔歌謡〕大堂津　大漁節　85

装幀　榊　あずさ

詩集　続・海の気

一、アンデルセン駅

帰　省

浜木綿の白い花が
似合いの海辺の駅に
汽笛を鳴らしながら
下りの列車が
滑るように入って来た
大勢の海水浴の後から
お盆帰りの母と子が
ホームに

降り立った途端
子どもの頭に
ちょこんと乗ってた
小さな麦藁帽子は
浜風に煽られて
ホームの外れの
浜木綿の花に
ふんわり被さった
慌てた母親が
摘まみ上げた途端
帽子の下から
モンシロチョウが一匹
ふわーっと舞い上がり

目の前の
海水浴場を沖へ沖へと
舞って行った
「さようなら」
チョウチョを見送った二人を
「お帰りなさい
　大きくなったね」
駅の改札口で
金筋帽の駅長さんが
笑顔で迎えた

アンデルセン駅

ＪＲ日南線大堂津駅は
日に上下十二便が止まる
日向灘に臨む小さな無人駅

駅舎の裏側には
松林の碧を背景に
砂浜が南北に広がり
黒潮の回遊する沖合いに

白亜の灯台が聳える大島や
人形八重七つ八重等の島々が
北斎の錦絵さながらに点在する
駅前広場に建つ海の乙女像も
陽春のおだやかな日差しに
自慢のガラス窓を煌かせた
宝石箱のような駅舎も
寂れた町の表玄関に
郷愁を漂わせるが
吹き渡る南国の風に
潮の香を嗅ぎながら
壁のベンチに体を預け
こうして一時間あまりも

帰りの列車を待っていると
アンデルセン童話の一話が
遠い記憶の底から甦ってくる

日向灘に臨む小さな無人駅
ＪＲ日南線大堂津駅は
密やかなメルヘンの駅

浜木綿の駅

行商帰りの母を乗せた
列車が着いた駅は
あの日も乗降客で
ごった返していた
人込みの中から姿を現した母は
切符売り場に並ぶ
乗車客の中の老人に
「あっ先生　こんにちは」

と声を掛けた
振り向いた老人は
「おーおー　房子じゃねーか
　相変わらず頑張ってるようじゃね
　隆と稔の墓参りの帰りじゃ」
と応えると
人波に押されるように
改札口へと消えた

「お国のために立派に戦って来い」と
南洋の戦場へと送り出した教え子が
終戦間際に夢を見せたそうな
「先生　海の底は暗く

氷のように冷たいです
この真っ暗な海の底を這ってでも
私は日本に帰りたいです」と

だが
親元に届いたのは戦死の報
還って来たのはカラカラの白木の箱だった
周囲から戦争の傷跡が消え
当時の事を誰も口にしなくなった今も
先生は毎年お盆前になると
こうして二人の墓参を欠かさない

先生を乗せた列車が
プラットホームを離れると

人影の跡絶えた駅舎を
遥かな南洋へと繋がる
夕映えの海から
潮風は哀しく吹き抜け
改札口横の
浜木綿の花が
プルルと揺れた

母

五徳に掛けた薬缶が
座机の横の火鉢で
ちんちんと鳴っている

如月の母は
寒さに震え
喘息に喘ぎながら
夜毎

私の部屋の火鉢に
種火の燠を埋める

如月の埋火は
真っ暗な部屋に灯る
ほのぼのとした明かり
底冷えの部屋を暖める
ほんのり温い冬の暖
それは
母の命の明かり
それは
母の命の温もり

やがて来る
弥生の空に
蕾を開く桜を見上げ
微笑む私を夢見て
仮眠をとる私の枕元で
如月の母は
今宵も火鉢の灰を掻く

湯

湯船の残り湯を
洗い液を含ませたスポンジで
搔き混ぜて捌かす
夕時の風呂掃除が私の日課
排水溝に吸い込まれる
泡立つ流れに
貰い風呂の思い出が蘇る

年の瀬も近いある晩遅くに
母に連れられて
貰い風呂に行った
漁師家の低い軒先が重なり合う
路地の奥にあるその家では
仕舞い風呂の燠はとうに落とされ
裸電球の灯りに
残り湯が湯船に暗くよどんでいた
やせ蛙のように母にへばり付いて
冷え切った体を湯船に沈めると
耳元で母のつぶやく声がした
「馬鹿でん金持ちが一番じゃと
貧乏人は馬鹿にも劣るちゅうこつかね」

家人を憚るくぐもった声に
振り向くと悔しさをにじませた母の目が
暗い天井裏をじっと見つめていた
私は水風呂のような湯船から
一刻も早く逃れたい衝動に
そこだけが温かい母の胸元で耐えた
しばらくすると
母はあっけらかんと言った
「こうして風呂を貰えるだけでん幸せじゃ
　どら　上がろうかね」
いつもの元気な浜っこ母ちゃんの声に
私は力いっぱい風呂板を蹴った

濯ぎ水の最後の一滴が
シュルシュルーっと
流れ出るのを見届けて
蛇口を捻ると
とびっきりの新湯が
勢いよく湯船の底で跳ねた

二、潮騒の歌

ランドセル

海沿いの村の
小さな小学校の
たった一人の一年生が
校門へと続く満開の桜坂を
大きなランドセルを背負い
春色に染まった景色を
掻き混ぜながら
ぐんぐん登って行く

「一年生になったら
　一年生になったら
　ともだち百人できるかな……」
男の子の歌う唱歌に合わせて
村中の期待を詰め込んだ
パンパンのランドセルが
ゆさゆさと揺れる

「今日も校門のとこで
　先生待っててくれるかな」
男の子の心は躍る
「早くいらっしゃい」

耳元で囁くような
女先生の声が
男の子の足を急がせる
「わっしょい　わっしょい」
背中のランドセルが
踊り上がって応援する

相席

隣り町から越してきて
間もない頃だった
小学校に上がったばかりのぼくは
二人机の端に頬杖を突きながら
ぼんやりと黒板を眺めていた
「うみ」と書かれた先生の文字に
煙を吐きながら沖をゆく
大きな船を思い浮かべていると

突然ガタンと机が傾いて
相席の女の子のセルロイドの筆箱が
つーっとこっちへ滑って来た
左手で振り払ってやったら
そいつを押し返してきたので
たちまち小競り合いになった
間の悪いことに
二人掛けの腰掛の奴まで
ガッタン　ゴタンと音をたてるので
先生に見つかってしまった
「はい　松田さん、こっちを見て」
霞の空で囀る雲雀のような
優しい先生の声が

頭の上から降ってきた
つかみ合ったまんま
教壇の先生を見上げると
眼鏡の奥で先生の目が笑っていた
女の子もくすくすと笑いだして
小競り合いはたちまち休戦となり
先生の弾くオルガンに合わせて
「うみはひろいな　おおきいな……」
と大きな声で歌った
「歌が上手いっちゃね」
相席の女の子が褒めてくれた
女の子の名はスミエちゃん
先生は青木先生といった

おじゃみ入れ

紅白に分かれた
子ども達は
グランドに描かれた
円の中心に立つ
支柱の天辺の
籠をめがけて
足元のおじゃみを投げる
投げても

投げても
落ちてくるおじゃみを
拾っては投げ
拾っては投げ上げる
子ども達

「フレーフレー　赤団」
「ガンバレガンバレ　白団」
応援席の保護者や
リーダーの声もむなしく
放物線を描いて
あえなく落ちて行く
おじゃみに

「もっと高く
　もっともっと高く」
澄みわたる
空の高みで
紅白の籠が
必死に
声を嗄《か》らす

昼休み

「先生あのね　ぼくがこうやって
じっと立ってると
ぼくの頭にトンボが止まるよ」
一年生のタクミが
校庭の池の縁に立って
地蔵様のふりをすると
どこからか
シオカラトンボが

ツーと飛んで来て
タクミの坊主頭につんと止まった
「すごーい」
ぼくもわたしもと
たちまち
可愛い地蔵様が
小さな池の周りを囲み
開け放った二階の窓からは
上級生が
「おーい　雲よー
　そこから鰹船は見えるか」と
空行く雲に呼びかける

戻り鰹で賑わう
小島にたった一校の
小学校の校庭に
秋の日は
うらうらと射し
吹き渡る潮風に
豊漁の秋が薫る

潮騒の歌

「元日の朝礼で
門川先生に習った
ハーモニカを吹きなさい」
六年生の二学期の終わりに
担任の先生に告げられ
私は元日の朝礼台に立った

海辺の町の小学校に

門川先生がやって来たのは
私が二年生に上がった時
カーキ色の上着を着た
若い男の先生だった
昼休みになると
先生は　いつも
校庭でハーモニカを吹いてくれた
先生の吹くハーモニカの音色は
母の胸で聴いた子守唄のように
それはそれは優しい音色だった
「兎追いしかの山
　小鮒釣りしかの川……」
故郷の渚に寄せる波のように

私の心を満たしてくれる
潮騒の歌だった

五年生の時
先生の転勤で聞けなくなった
門川先生のハーモニカの音色を
思い浮かべながら必死に
ハーモニカを吹く私の耳に
その朝も
潮騒の歌は聞こえてきた
校庭で聴いた　あの
「故郷」の歌が甦ってきた

三、焼酎屋

木橋

朝早く
川向こうの村の
こども達が
仔犬のように
じゃれ合いながら
朝日の中を
学校へと駆けて行った
川面はさんざめき

ご機嫌な木橋は
「今日も一丁頑張るか」と
橋脚を踏ん張った

昼過ぎ
煙管《キセル》を燻《くゆ》らせた
親爺の荷馬車が
学校帰りの
こども達を乗せて
ごとごと
村へと戻って行くのを
木橋は夢心地で見送った
向こう岸に広がる

塩田跡の干潟では
陽気者のハゼが跳ね
シオマネキはさかんに
自慢の鋏を振るった

夕方遅く
勤め帰りの客で
満員のバスが
ゆさゆさ
渡って行くのを
見届けた木橋は
暮れ泥む川面に映る
己が影を見つめながら眠りに就いた

焼酎屋

浜ん町には
本瓦を載せた
白壁の大きな家があった
小学校に上がりたての頃
友達の家で遊んだ帰りに
その家の玄関に回ってみた
上ん町の通りから
石畳のだらだら坂を

白壁沿いにトントンと降りて行くと
浜ん町の広いバス通りに出た
探していた玄関はその通りにあって
玄関の庇《ひさし》の下の桟には年代物の
屋号の入った看板が掛かっており
土間の奥から吹いて来る
ひんやりとした風は
沖から戻って
一風呂浴びた父ちゃんが
卓袱台の刺身を肴に呷《あお》る
あの茶碗酒の匂いがした
そこは焼酎屋の玄関だった
「でっけえ焼酎屋だなあ」

三合瓶を片手に買いに行く
近所の量り売りの店とは
比べ物にならない店構えに
玄関先を行ったり来たりして
あちこち眺め廻している内に
いつの間にか
夕日に染まった
向かいの川が
大きな緋鯉となって
ゆったりと流れていた
「暗くなる前に早うお帰り」
緋鯉の川が優しく言った

うみ

「おーい」
灯台下の岩場で
キャンプ中の子ども達が
沖行く船に呼びかける
辺りの小島を凌ぐ巨体を
此れ見よがしに
悠然と行く外国船籍の旅客船
「おーい」

何度目かの
子ども達の呼びかけに
旅客船は
「ブォー」っと汽笛を鳴らし
水平線の彼方へと消えた
「ウミニオフネヲ　ウカバセテ
イッテミタイナ　ヨソノクニ」
子ども達は異国への憧れを
唱歌に込めて歌った
「集合！」
リーダーの声がして
一斉に駆け出す子ども達
灯台前の広場には

真夏の太陽に照らされた
色とりどりのテントが並び
麓の港から
高校のヨット部の
ヨットが十艇近く
夏濤《かとう》を蹴立てて
蒼い海原へと乗り出した

お地蔵さん

学校帰りに
居残り仲間五人で
決まって
寄り道をする
橋の袂の社には
赤い涎掛《よだれか》けをした
お地蔵さんが
ちょこんと座って居んなさった

川向こうの山の端に
掛かる夕日に
日に日に
赤味を増していく柿を
「あいつはもう少し」
「こいつはまだまだ」と
品定めしている俺達を
お地蔵さんは
だまって眺めて居んなさった

何日か経った或る日
一番身軽なよっちゃんが

柿の木によじ登って
小枝のままへし折っては
俺達に遣《よこ》してくれた
「天辺に真っ赤な熟柿があるぞ」と
誰かが叫んだ時
「木守り柿はカラスに喰わせてやれ」
後ろで爺さまの声がした
振り返ると
夕日を浴びた
熟柿顔のお地蔵さんが
にこにこ笑って居んなさった

橋の上で

南京はぜの赤茶けた葉が
風にちぎれて
がさごそと逃げ惑う道を
年老いた夫婦がいく

女房にすがり　かなわぬ脚を
懸命に引きずる夫
夫に肩を貸しながら

ほんの僅かだけ先をいく妻

町なかの川に架かる
橋を登りきると
夫婦の住まいのある
長屋造りの団地が見える

一息いれる夫婦に
さーっとしぐれが降りかかり
慌てて傘を差し掛ける妻
震える手に力を込める夫

歩き出した夫婦に

「さようなら」
「気を付けて」と
学校帰りの自転車が
しぐれの橋を下っていく

雲の神様（二）

今年も小島の天辺に
大きな白い綿帽子の
入道雲が乗っかると
おなかを空かした神様は
ぱくぱくそいつを食べました

一日食べて食べ飽きて
残りは千切って撒きました

空いっぱいに広がった
千切れた千の千切れ雲
夏の日差しに炙られ
尾びれや背びれも出来ました

砦の山の山の端に
大きな夕日が傾くと
黄金に染まった鯖雲は
ぴちぴち空で跳ねました
お祭りみたいに賑やかな
夕焼け空を神様は
一人うっとり見てました

「…明日も天気　夕空赤い……」
てんでに唱歌を口ずさみ
家路を急ぐ村の子を
見送りながら神様は
「そうか　明日も天気か」と
にこにこ笑顔で言いました

四、船迎え

ふるさとの春は

隧道の上ん山に
山桜が咲くと
ふるさとに
一足早い春が訪れる
ぽっかぽっかと
暖かい春が訪れる

上ん山の山桜が

隧道をくぐる車や
眼下の海に舫《もや》う釣り舟や
対岸の港で
荷降ろしをする貨物船に
「春が来たよ」
と合図を送ると
車の運転手は
ライトを点滅させ
舫い舟の釣り人は
うっとりと山を見上げ
貨物船の船長は
デッキから帽子を振る

隧道の上ん山に
山桜が咲くと
ふるさとの山々は
一斉に笑い出し
海は長閑《のどか》に歌いだす
ふるさとの海山の
春の饗宴に
麓の神楽場では
春神楽が舞われ
里人は
大漁豊饒《ほうじょう》を祈って
焼酎を酌み交わす

夢

吹き荒れた北風が止んで
冬の日差しに
温もりが宿りかけた
入江の奥の
砂利の集積場で
ミイラと化した
野晒の廃船が
遥か沖合いから

吹き寄せる潮風に
興奮気味に呟く
「潮の香りが良うなった
藍甕《あいがめ》の汁をぶち撒いたような
深々と黒い流れの隋《まま》に
鰹鳥《かつおどり》が乱れ舞い
海面を白く泡立てて
大挙して押し寄せる
波座のような鰹の群れが
いまに　上って来るぞう」

だが
二月に入り

鰹漁の漁期となった今も
岸壁に係留された船団に
出漁の気配はない
野晒の廃船は
港を望むあの墓場で
独り
鰹景気《かつおけいき》に沸いた
昔の夢を見ている

余波《なごり》

夜どおし
漁師町をなぶった
春の嵐も
明け方には
どうにか
収まったように思われたが
波止場の端で
沖の潮目に

目を凝らしていた
熊平爺さんが
「今朝はまあだ船は出せんな」
と　銜《くわ》えたタバコを
ゴム長の底で踏み潰すと
早朝から
出港の準備に掛かっていた
周りの船でも
艫綱《ともづな》を結わえ直した
漁師達が
そそくさと船を降り
我が家へと帰って行った

木戸に立て掛けてあった
手桶や樽が散乱した
路地裏には
ゆるゆると
朝日が射し
いつもと変わらぬ
焼き魚の匂いが
辺りに
漂っていた
「明日は大丈夫じゃろな」
赤子を負んぶした
嫁が夫に念を押した

故郷の海

松林を抜けると
ふるさとの海が開ける
打ち寄せる土用波の
白く泡だつ波頭に
若者のサーフボードは
天空を切り裂いて弧を描き
沖合いの島影を縫って
満員のツアー客を乗せた

外国船籍のクルーズ船が
悠然と南下する
テレビジョンの
大画面に映し出された
どこぞのリゾート地と
見まがう光景だが
どこかよそよそしく
畢竟《ひっきょう》　それは
水平線に揺らぐ蜃気楼

日向灘を望む
この浜で生まれ
この海に生きてきた

父や祖父が眠る
砂山を両手で掬うと
零れ落ちる産土《うぶすな》に
眼前はモノクロへと暗転する
村人総出の浜浚《はまざら》え
大漁の地引網に湧き立つ浜に
渚をはしゃぎまわる
子ども達の笑い声が
木霊となって鳴り響き
どこからか
夕映えの沖を眺めながら佇む
子守娘の「海ホウズキの歌」が
潮風に乗って聞こえてくる

晩秋

沿道のさるすべりは
あらかた葉を落としたし
つるんつるんの残り柿は
枝先の天辺に真っ赤だし

茜色に染まった上空は
一面のいわし雲が
ぴちぴち跳ねて

お祭り騒ぎのようだし

戻り鰹の豊漁で賑わう港じゃ
父ちゃんのひげ面が笑ってるし
家じゃ母ちゃんが
この秋一番のおめかしをして
父ちゃんの帰りを待ってる

「あした天気になーれ」
威勢良くほうり投げた
ズックを拾いあげると
おいらは
家を目指して駆け出した

冬

一晩吹き荒れた嵐が
ぱたりと止むと
憑き物でも
落ちたかのように
冬の海は
穏やかな表情を見せる
そんな日は
近所の遊び仲間と

裏山の番屋に登った
天辺の狼煙岩《のろしいわ》に立つと
春には遥か沖合いを
かつおの群れが遡上する
黒潮の海が広がり
広い砂浜に沿って連なる
漁師家の低い家並みを
松林の緑が囲んでいる
「松原遠く消ゆるところ……」
突然　誰かが
調子っぱずれの唱歌を歌いだすと
みんなも続いて歌いだす
「…見よ昼の海　見よ昼の海」

その松原を抜けて
上りの列車が
浜辺の駅へと滑り込み
浜の北側の漁港では
父ちゃん達の乗る
かつお船団が出漁を待っている
隣町へと続く
九十九折のバス道の工事場で
もっこを担ぐ
日銭稼ぎの父ちゃんの姿が
小さく見えた

船迎え

母ちゃんと駆けつけた揚場は
帰り船の水揚げにやって来た
おばちゃん達でいっぱいだった
母ちゃんの顔を見つけた
仲良しのおばちゃんが声を掛けた
「えろう遅《お》しかったなぁ
何しちょんなったとなぁ
皆早うから来て待っちょったっちゃが」

「ごめんごめん
　こん子がぐずぐずしちょるもんじゃかい」
「なーんが　嘘ばっかい
　本当はあんたの化粧が長かったちゃろが」
「久しぶりの父ちゃんの帰りじゃけんなあ」
「若けぇ父ちゃんじゃもんなあ」
「んまあ　うちゃもう知らーん」
母ちゃんの顔が見る間に赤くなった
「母ちゃん　顔が赤うなっちょるよ」
と僕がそう言うと
「んもう　おまえまでそんげなこつ言うて」
怒った母ちゃんの顔がよけいに赤くなった
「はあっ　はっはっ　はぁ」

揚場の人集《だか》りが
おばちゃん達の笑い声に包まれた
母ちゃんも僕も一緒になって笑った

祭り

祭りだ祭りだ
繰り出せ廻せ
村の若衆の
神輿が渡る
印半纏《しるしばんてん》下帯締めた
親爺譲りの
赤銅色の
五体に男の色香が薫る

祭りだ祭りだ
繰り出せ廻せ
村の娘の
なよびな踊り
浴衣の襟に団扇が揺れる
母親譲りの
海ほおずきを
含む唇　ルージュが紅い

祭りだ祭りだ
繰り出せ廻せ
豊漁祈願の

祭りだわっしょい
板子一枚地獄の漁を
度胸先途《せんど》で生きて来た
爺ちゃんバンコで茶碗酒
昔語りに話がはずむ

五、〔歌謡〕大堂津 大漁節

〔歌謡〕 大堂津 大漁節

〽 ハー　エンヤコラセー
エー　エンヤコラセー
ここは大堂津　向かいは大島
灘に並ぶは　七つ八重

〽 ハー　エンヤコラセー
エー　エンヤコラセー
大堂津港にゃ　カツオが揚がるよ

揚がるカツオの　粋の良さ

〽ハー　エンヤコラセー
　エー　エンヤコラセー
カツオ漁なら　一本釣りよ
腕に自慢の　男意気

〽ハー　エンヤコラセー
　エー　エンヤコラセー
沖の波座《なぐら》に　カツオが跳ねりゃよ
親爺譲りの　血が騒ぐ

〽ハー　エンヤコラセー

エー　エンヤコラセー
今日も大漁じゃ　船足ゃ重いよ
逸る思いの　帰り船

〽ハー　エンヤコラセー
エー　エンヤコラセー
大堂津港にゃ　妻子が待つよ
やんや　やんやの　船迎え

〽ハー　エンヤコラセー
エー　エンヤコラセー
ハー　エンヤコラセー
エー　エンヤコラセー

[初出一覧]

一、アンデルセン駅

帰省　（未発表）

アンデルセン駅　（「埋火」No.101）

浜木綿の駅　（未発表）

母　（「埋火」No.100）

湯　（『2017 みやざきの文学』準佳作）

二、潮騒の歌

ランドセル　（未発表）

相席　（未発表）

おじゃみ入れ　（「埋火」No.94）

昼休み　（未発表）

潮騒の歌　（未発表）

三、焼酎屋

木橋　（『2018 みやざきの文学』準佳作）

あとがき

　今年二月十四日付の地元紙宮崎日日新聞は、「カツオ今年こそ豊漁」と題し、日南市のカツオ一本釣り漁船の出漁の記事を掲載している。日本一の水揚げ量を誇る本市のカツオ一本釣り漁であるが、昨シーズンの記録的な不漁で市内各漁協所属のカツオ船は五隻減って二十三隻となり、その数は年を追って減少している。

　縁あって日南市漁協の漁業技能実習生の日本語講習を担当している私は、地元の漁業関係者からカツオ漁の実態を直に耳にすることも多く、漁の不振には日々心を痛めてきた。二〇一七年五月に上梓した詩集『海の気』は、そうした故郷に思いを寄せた言わば「ふるさと語り」であるが、故郷の友人知人をはじめ多くの方々に手にしていただき、望外の喜びであった。あれから三年、本市のカツオ漁を巡る状況は更に深刻さを増しつつある。

　そこで「ふるさと応援歌」として作った歌謡「大堂津大漁節」を就労前

の日本語研修中のインドネシア技能実習生の歌入りでＣＤ化したところ、カツオ船の船主さんや漁協関係の皆さんに喜んでいただくことができた。昭和三十～四十年頃の大堂津の油町商店街界隈は多くの店が軒を並べ、夜ともなると三味線の音に合わせた漁師の歌う歌が聞かれたものである。歌謡「大堂津大漁節」は、そうした時代背景を基に書いたものである。

今回『海の気』の続編として編んだ本詩集には、前作以降に、所属する同人誌『埋火』に投稿した作品や前回未収録のもの、二十五編を収めた。前作同様の「ふるさと語り」であり、心のアルバムに何時までも留めて置きたい故郷の歴史の一こまである。日南市では資源や自然に優しく、長い歴史をもつカツオ一本釣り漁法の日本農業遺産への認定を目指し、官民一体となった取り組みがされている。本詩集が細やかでもその一助になれば幸いである。

最後に、前回同様、懇切丁寧なご指導ご助言を頂いた鉱脈社社長川口敦己様並びに同社顧問で詩人の杉谷昭人様に厚くお礼申し上げます。

二〇二〇年春

松田　惟怒

松田惟怒（まつだ　これのり）

1943（昭18）年　宮崎県日南市大堂津 生

所属　「埋火」

著書：『詩集 海の気』（2017年 鉱脈社）

現在所
〒889-3204　日南市南郷町中村乙 3778-2

詩集　続・海の気

二〇二〇年四月十五日　初版印刷
二〇二〇年四月二十二日　初版発行

著者　松田惟怒 ©

発行者　川口敦己

発行所　鉱脈社
〒八八〇－八五五一
宮崎市田代町二六三番地
電話　〇九八五－二五－一七五八

印刷 製本　有限会社　鉱脈社